자박자박, 봄밤

자박자박, 봄밤

©이채현, 2020

1판 1쇄 인쇄__2020년 04월 05일
1판 1쇄 발행__2020년 04월 10일
교회인가__2020년 03월 10일

지은이__이채현
펴낸이__홍정표
펴낸곳__작가와비평
　　　　등록__제2010-000013호

공급처__(주)글로벌콘텐츠출판그룹
　　　　대표__홍정표
　　　　이사__김미미　편집디자인__김수아 이예진 권군오 홍명지 이상민
　　　　기획·마케팅__노경민 이종훈
　　　　주소__서울특별시 강동구 풍성로 87-6
　　　　전화__02-488-3280　팩스__02-488-3281
　　　　홈페이지__http://www.gcbook.co.kr

값 12,000원
ISBN 979-11-5592-244-6 03810

※ 이 책은 본사와 저자의 허락 없이는 내용의 일부 또는 전체의 무단 전재나 복제, 광전자
　 매체 수록 등을 금합니다.
※ 잘못된 책은 구입처에서 바꾸어 드립니다.
※ 이 책에 수록된 노래가사는 "KOMCA 승인필"을 거쳤습니다.

자박자박,
봄밤

이채현 지음

작가와비평

1.

그저 평범하기 만한 지극히 지루하기 만한 외피의 내면은, 참 고통스러웠습니다, 참 허허로웠습니다. 허구에의 직감은 그 이면의 의미를 보여주지 않았습니다. 숨은 것도 보신다는 그분, 온전히 자비하시다는 그분, 선의 근원이시라는 그분, 그리워 찾다 봉선화 꽃잎 물든 손톱처럼, 스며들다 조금씩 깎이는 언뜻언뜻, 그 세월 동안 저도 자비할 수 있겠는지요.

2.

제 글들은 제 나름, 삐뚤빼뚤 걸어가는 어린 아이의
삶과 신앙의 여정일지도 모릅니다.

겨울에서 봄으로 가며, 새침데기처럼 토라지기도 하고
가다가 드러누워 떼도 쓰고
하늘에 허공에 삿대질도 하고

허허벌판에서, 밟혀 아픈 잡초의 망막함
광풍 폭우 뇌진에 그래도 사람들 찾는
그 사랑 어찌 해야 할지 몰라 두리번두리번

그 계절들 지나 겨울 초입에 이르러, 나무들은 모든
것을 내려놓고
추운 우리는 안으로 안으로 찾아들어
함박눈 송이송이 새하얗게 경배하는 구유에 아가,
당신.

차
례

∨

4부

나뭇가지에 집 지어 갓 태어난
새끼들에게처럼

1
부
∨

묻고 싶은 것이 너무 많은,
　　하나 스스로 찾아야 하는

오월의 첫날, 봄날

●●●●

하얀 튀밥 같은 벚꽃이 진 나무들에는 엄지손가락만한 초록 잎이 바람에 살랑였다.

개천 양 옆으로는 잡초가 무성했다. 벌써 오후의 땡볕은 따가웠다.

흙길 위로 하얀 나비가 나풀대며 앞서 갔다.

그때, 이 길에서 이 정취에 울었었다, 아버지 가시고. 나도 그 길 위에 있다.

새가 하늘을 쪼아 뿌려 놓은 것 같은 이름도 모를 꽃이 점점이 발밑에서 하늘거렸다. 얘들처럼 삶 언저리에 잠시 내렸다가, 어느 즈음 흙으로 돌아갈 날.

슈퍼마켓에 들러서 머루포도랑 2개 더 준다는 요플

레 기분 좋게 들고 나오는데, 할머니가 주저앉아 폐지를 줍고 계셨다. 삶은 논리로 정돈되지 않는 것임에 하늘의 길과 땅의 길은 다를 바 그럼에도 순간 힘이 빠지며 사는 게 뭘까.

평생
깁고 기워
수단 한 벌
구두 한 켤레
가방 하나
허름한 오두막의 외국 신부님(알로이시오)의 선교(宣敎)의 생사(生死).

밀알의 도정(道程)에 당신, 계신다, 하셨지요...

지구 곳곳, 불꽃 몇 점 튀어
폐허가 되어 울었다

●●●

밤새 황망히 그렇게 스러져 가는데.

뒷걸음질 쳐 나무 그림자에 숨어버렸다.
잘 모르겠습니다.

거미줄 같은 네트워크, 정글 같은 세상.

겨우 영근 꽃잎 떨어지듯 화염(火焰)이 붉다. 무너져
가는 무릇 저 많은 익명의 타자에게 다가가는 화점(火
點), 낮은 하늘 전신주 사이 날고. 스치기만 하여도 전
생(前生)의 인연에서라는 불가(佛家)의 길섶 너머 당신
뜰 안에서 작은 사과 한 입 베어 물고, 천년만년 살
것 같은 순간을 밟고, 껌벅껌벅 두리번두리번.

〈그분께서는 악인에게나 선인에게나 당신의 해가 떠오르게
하시고, 의로운 이에게나 불의한 이에게나 비를 내려 주신다.〉
― '원수를 사랑하여라', ≪마태≫ 5, 45

다친 새, 아픈 새 풀밭에 잠시 기댔다 그래도 날 수
있겠지요.

어느 한 가운데서 문득, 반짝일까, 밤?

●●●

　작은 아들은, 매일 아침 6시에 일어나 기도를 드리고 성경 말씀을 읽은 다음 일을 하러 나갑니다. 일을 마치고 돌아와 하루를 끝날 때면 또 다른 기도를 드립니다. 하느님의 법에 충실하기, 순명과 계명에 순종하기.

　'속삭임'

　인생에는 특별한 무언가가 있어. 내가 진정으로 자유롭고, 내가 하고 싶은 것을 할 수 있는 인생을 반드시 찾아야만 해. 삶의 아름다움과 충만함을 향유할 수 있는 특별한 것들 그리고 내가 좋아하는 것을 행하기.

　저울 양 추를 이리 갔다 저리 갔다 합니다.

밤늦은 폐문 즈음, 계산대 담당 아주머니
몇 분만 덩그러니, 마트는 졸고

●●●

　대학교 때 과 교수님이 이어령 교수의 강의는 아스
피린 같다고 하셨다. 들을 때 하얗게 폐부에 녹아내리
는 언어의 분말은 가히 순간을 심취하게 한다. 언젠가
부터 그 아스피린 같다.

　수긍, 수긍, 수긍,
　결심, 결심, 결심,
　돌아서면 그 전과 여전한 그 자리.

　밤, 밤, 밤,
　어둠, 어둠, 어둠, 깰 수 있을까, 내 속.
　숲, 숲, 숲, 뵐 수 있을까, 그분.

　구순(九旬) 엄마에게 큰 글씨 큰 성경(聖經)을 사 드
렸다. 좌식책상도 사 드렸다. 황금빛이 흐르는 오후면

엄마는 책을 펼치시고, 보도블록(步道block)에서 모이를 먹는 비둘기 같다. 의미는 캐고 읽으시는가하면 그냥 읽는다 하신다. 그냥. 뚜벅, 뚜벅, 뚜벅.

갓 부화(孵化)한 병아리, 나는 그런 듯

●●●

나름 목도한 현실과 예수님 말씀과의 사이에서, 괴리의 발견은 좌절이었다. 이것에서 비롯된 나의 주장은 옳음으로 흘러가며, 복음(福音)에의 무감(無感)과 반감(反感)으로 젖어들게 했다.

프란치스코 교황님의 강론 중 한 부분,

스스로 빛 속에 있다고 믿지만 실은 어둠 속에 있으면서도 그것을 알아차리지 못하는 사람들이 얼마나 많은지요.*

이는 정곡(正鵠)의 조준(照準)이었다. 내가 들이댔던 거부의 잣대는 '나의 정의(正義)'라 할 수 있을 듯. 내가 파 들어간 사유의 터널은 어두웠으나 주워든 자그마한

---

* 안토니오 스파다로 엮음, 국춘심 수녀 옮김(2016), 『진리는 만남입니다: 교황 프란치스코의 매일 미사 강론』, 분도출판사, 284쪽.

조각조각 깨달음은 나름 빛이라 여겨졌었다. 아, 그러나 여기에는 겸손, 온유, 사랑, 십자가가 점점 없어져갔음을 고백한다. 세상의 빛인 어둠을 거둘 수 있는 것은 그분의 빛.

아직까지 나는 갓 부화(孵化)한 병아리. 길 양 옆으로 하늘까지 솟은 초록 나무들의 행렬 사이를 거닐며.

묻고 싶은 것들이 너무 많은,
하나 스스로 찾아야 하는

●●●

1.

십자가에서 박힌 못 자국에 손가락으로 검증해봐야 부활을 믿겠다는 토마스에게 예수는 나타나셔서 그러라고 하신다. 그 핏빛 선혈 거친 호흡으로 산하(山河)에 붉게 민개(滿開)하기까지에도, 나는 왜 토마스처럼 그 못 자국을 내어보시오 하고 거드름을 피우며 눈을 치뜨고 명령하고 있나.

가면 안 되는데 가면 안 되는데 동동 구르며 아무리 둘러봐도 잡을 수 없던 그 찬란하던 봄날, 바위 틈 사이 사이 울긋불긋 꽂혀 있던 꽃모가지가 뚝뚝 부러지고 있던 날... 봄이 가버렸다.

2.

아무리 매몰차게 돌아서려 해도 돌아설 수 없는...
꽃과 같음으로 하늘거리고 부드럽고 아름답고 수줍고
연함으로 쉬 멍들고 쉬 부서지고 쉬 스러지고, 어린
양처럼의 예수.

당신이 요청하는 사랑의 초월성은, 실천해내야 하는
현실이라는 장(場)과 인간의 수많은 면에서의 다층적
인 속성 안에서 상흔(傷痕) 어찌할 수 없음인 것 같아,
체화(體化)의 난제에 속수무책이다. 머리 타래 밀고 꺽
꺽 새처럼 많이도 울고 말았다.

넘고 넘어도 산이고, 가도 가도 벌이고, 황량한 심도(心圖)

●●●

　군데군데 잘 조경(造景)된 나무들 꽃들 사이를 걸을 때면 천국(天國) 같다.
　사람들 마음 사이를 걸을 때도 이랬으면.

　자비는 어떻게 해야 하는 걸까.
　용서는 어떻게 해야 하는 걸까.

　회심(回心).
　뿌리 깊은 존재의 근원에 접근하고 싶습니다.

사랑이 다다고

●●●

아 푸름이다. 아파트 베란다 창문 밖 나무들이 언제 저렇게 컸는지 저렇게 그득한 숨결의 초록인가. 하얀 머리를 한 아카시아 나무가 군데군데 섞여 있다. 윤회(輪廻)의 영겁(永劫)에서 찰나(刹那)에 충실함으로 순명하는 자연(自然). 그들은 인간의 교과서다, 지혜다. 순리(順理)의 침묵 안에서 나는 얼마나 겸허할 수 있을까, 얼마나 인내할 수 있을까. 인간 본능의 역행을 얼마나 나 자체로 만들 수 있을까, 저잣거리에서. 베드로가 예수에게 산에 초막을 지어 거기서 살자고 했을 때 예수는 산에서 내려왔듯. 그리고 풀지 못할 과제 우리더러 예수처럼 서로 사랑하라고. 신성(神性)과 인성(人性)을 함께 지니셨던 예수처럼 인간일 뿐인 우리더러 그렇게 살라하시니. 그건 인간으로서 도저히 관념적으로도 불가능한 것임으로 어떻게 실천적일 수 있느냐며 설레설레 고갯짓하고 도망치려는데, 잔설(殘雪) 속 고목(古木) 2000년에 점점이 박힌 홍매화들의 증언, "사랑이 다다. 사랑이 다다. 사랑이 다다고."

산책하는 강아지,
주인 안 앞에서 팔랑팔랑 가는데

●●●

"말 잘 들어라."
"누구 말을 잘 들어야 하는데?" 반사적으로 까칠하게 몰아쳤다. 암묵적 맥락에서.

돌아서서 곱씹어본다. '누구'는 누구여야 할까.

산책하는 강아지, 집에서 나와 좋은지 풀 사이를 경쾌하게 걷는다. 유심히 보면 강아지는 앞에서 간다. 그리고 목줄 내에서의 자유.

엉뚱한 엉성한 생각을 해본다. 결과론적으로 자유의지도 이와 유사하지 않을까 하는.

비일비재한 납득 불가의 일이 인류에 의해 역사, 개인사에서 일어나곤 하나, 사(史) 아스라한 면(面)에

지고(至高)의 선(善)이신 당신 자락 수놓으심으로.

한참 지나 알게 되곤 하지요.

일희일비(一喜一悲)여서 어떡하나요,
저의 단심(丹心)은

●●●

어제 밤 잠들며 되뇌어 묻다 잠을 설쳤다. 당신은 저를 사랑하십니까. 옆에서 엄마가 조용히 속삭이신다, 매일 올리시는 새벽 기도. 엄마는 주님을 많이 사랑하심에 틀림없다, 굳게 믿으신다, 엄마니까.

버스 터미널에 앉아 물끄러미 올려다본 오월의 봄날은 희뿌연 겨울 자락 같았다. 가끔 새들이 날아다녔다. 현대(現代), 신의 영역은 어디까지이고 인간의 영역은 어디까지일까.

빛 희망 구원 영원한 생명에로의 초대장을 순간순간 발신하신다는데...
파고 높은 풍랑 속으로, 함박꽃 눈보라 속으로, 처마에 또닥또닥 내리는 빗방울 속으로, 가파른 언덕 다닥다닥 붙은 사람 속으로.

먼저 수 겹의 들보를 내 눈에서 빼내야 하리.

무질서와 혼돈과 애매모호함으로 기다림과 공감과 수용의 길에서 머뭇거리다가 철회하려하니...

신비(神秘)에의 개안(開眼)은, 뒤뚱뒤뚱 엎어지고 생채기 나고 일어서고, '야 빨리 와' 뒤처진 이에게 소리 지르고 올 때까지 애타게 기다리고 기진맥진이면 업어 주며. 정중동(靜中動).

묻고 싶은 것들에, 설핏설핏 흰 눈

●●●

꽃 몽우리나 될까한 유한(有限)한 제가 무한(無限)하기 그지없는 당신을 감히 생각해보고자 하였습니다.

성경이라는 미로를 따라가며 그 행간이 현실이기를 바랐고 '지금 여기의 나'에서 구현되고 실천되기를 간절히 희구하였다. 그러나 몰두할수록 예수의 그 사랑은 윤리적 도덕적 이론의 차원에서 헤매며 생명력을 잃어가고 있는 것이다. 인간 지상의 그 어둠을 지고 죽어감으로 폭력에 폭력이 아닌 사랑으로 응대한 그 예수의 귀감은, 저 높디높은 에베레스트 설산 최고봉보다 더지고한 오를 수 있을까한 우리네 삶이어야함에.

마음의 길섶에서 검푸르게 이끼 끼어 나뒹구는 커다란 돌들에, 마음에 균열이 생겨 장난감 가게 앞에서 떼쓰며 요동치는 아이 마냥에. 인내하며 대답 찾는 벽 앞 기쁨을 읽는 기도 속 영안(靈眼)으로, 광장(廣場)으

로 나가 숱한 이들 수용에 넘어지고 일어나고 수많은
아픔의 반복 너른 폭으로.

벌판을 딛고 가는
거룩한 발자국 소리를 들으면서

●●●

신문지면을 통해 '요셉의원'에 대해 알게 되었다. 고 (故) 선우경식 요셉 박사님이 설립하신 곳으로, 치료비가 없어 제대로 진료와 치료를 받지 못하고 죽어가는 행려자들을 위해 온 생을 바쳐 돌봐주셨던 겸손의 터다. 아프리카에서의 슈바이처, 인도에서의 마더 테레사의 헌신적인 삶이 중첩되었다. 그들은 어찌 그런 고결하고 숭고한 선택과 어찌 그리 험난한 가시밭길의 실천을 할 수 있었을까.

어느 여름 깊은 밤, 깨어 홀로 이것저것 생각하다가, 신앙에서 '믿고, 믿지 않고'의 혼재인 그래서 파스칼이 언급한 '갈대'인 내게 머무르게 됐다. 참 많이 흔들린다. 번번 자의타의(自意他意)로 곳곳 내면외면(內面外面)에서. 어느 시인이 '흔들리지 않고 피는 꽃이 어디 있으랴'까지 표현함으로.

"아버지, 저들을 용서해 주십시오. 저들은 자기들이 무슨 일을 하는지 모릅니다."('십자가에 못 박히시다', ≪루카≫ 23, 34) 십자가(十字架)에 손과 발이 못 박혀 흘러내리는 선혈(鮮血)에도 예수는 우리를 용서한다. 담벼락 철근의 넝쿨에 늦게 찾아온 선홍 장미가 뙤약볕에 아파하며 바라보고 있었다. 무조건의 사랑, 있는 그대로의 사랑, 예수는 그렇게 사랑하신다하셨다. 그럼에 예수의 고통은 농익어 얼마나 검붉었을까.

시련으로 견고해지는 내공(內工)도, 끊임없이 노출되어 있는 유혹에서 예수를 닮으려는 노정(路程)을 걸음으로 만나게 되는 열매일 것. 큰 난제는 불긋불긋 올라오는 자아(自我)가 아래로 아래로만 흐르는 강물의 그 겸손(謙遜)함을 익히는 것.

미풍(微風)에 겹겹의 꽃잎이 한 장 한 장 뒤척이며 가지런히 넌다, 일렁이는 결에 장마 와 질 때까지 그렇게 사명을 다하며, 한낮 무심한 길손의 저어 감에 무언(無言)으로 깊고 깊어지고 있을 것이다.

2부
∨

사랑하지 못하는 마음을 바꾸어
사랑할 수 있게 된다면

사랑 없는 평화, 평화 없는 사랑

●●●

어떤 분이, 장년(壯年: 서른에서 마흔 안팎의 혈기) 어느 즈음에 머물 무렵인 내게 "교과서 같으십니다." 하셨다.

요즈음 아파트 복도를 거니는데, 창문 너머 바라본 정경(情景)이 교과서 같다.

이즈음 나는…

과학과 의학의 발전이 신의 영역을 침범하고 있는 것 같은 제현상(諸現象), 섭리(攝理)와의 경계에서 나는 주춤거린다.

그리고 점점, 생존(生存)을 위한 참 쓸쓸한 방법이 내부에서 요청한다. 고(故) 장영희 교수가 제자에게, 사랑 없는 평화보다 평화 없는 사랑을 선택하라고 했거늘.

나는 사랑 없는 평화를 선택하려 한다.

왜 태어났을까...

사랑함에 우리는 모두 벽을 뚫으려는 짝사랑이 아닐까

●●●

책을 훑어보면서 사유의 한 자락에 포착된 것은 저자의 생애(生涯).

이상한 버릇이 생겨버렸다. 요즈음 책을 볼 때 먼저 유심히 주목하게 되는 것이 이 부분. 모두 어디에서 왔다가 어디로 가며,

주어진 시공간에서 성취한 나름대로의 결정체(結晶體)들이 흐르는 하얀 햇살에 꽂혀 보석처럼 영롱하다. 치열했을, 자기(인간)와의 싸움, 시대(세계)와의 싸움, 꿈(이상)과의 싸움, 구원(신)과의 싸움. 궁극적인 사랑이었을까.

그리고는 파삭한 종이 부서지듯 소멸했을 것.

문득문득 떠올라 곱씹는 푸릇푸릇 꽃망울이 있다. 십여 년 전 TV에서 갓 수녀원에 입회한 애기수녀님들의 일상을 그린 것을 보게 되었는데, 어떤 수녀님이 예수 같은 사랑할만한 이가 없어서 이곳에 왔노라하며 까르르 웃고 계셨다.

나는 이즈음 이제 겨우 그 마음 알겠는데.

밤하늘의 별이 되어 이리도 깊게 박혀
먹먹하게 하는 그를

●●●

김정훈 부제의 유고집(遺稿集),
『山 바람 하느님 그리고 나』*

　　생활의 청정성(淸淨性), 이것 없이는 되는 일이 없다.
생활이 청정하면 인간에게서 멀어지지 않을까? 인간,
그 따스하고 차갑고 복잡하고 아름답고 더럽고 위대한
그 인간에서

－ 270쪽

　　가난한 이는 진복자다. '마음'이 가난한 자는 복되다.
문제는 '마음'인 것이다. 그리고 이 마음의 가난은 바로
인격신 앞에서의 적나라한 자기, 자기의 '자기 됨'을
십분 긍정하고, 유일의 대상은 하느님뿐임을 긍정하고,
하느님께 온 마음을 열어놓음. 이것이 참으로 가난함의

＊　김정훈(2016), 『山 바람 하느님 그리고 나』, 바오로딸.

진면목이다

- 312쪽

그러나 나는 공부를 하지 않을 수 없다. 내적 충동에 의한 목적 자체는 결단코 아니다. 그 길을 통해 내가 신부로서의 그리스도이고자 한다면 나는 현대의 와중에서 구원(久遠)의 철학을 공부하여 청빈, 고독을 택하여 살아가는 한 조그마한 심볼이고 싶다.

성당에 꽃을 꽂는 그 수수한 수녀는 누구도 알아주지 않으나 그 작은 숨은 노력은 성당을 아름답게 해준다. 주께서 원히시면 그는 성당을 찾는 많은 구도자에게 너없는 귀중한 존재가 된다. 이런 작은 상징이고 싶다.

청빈과 고독을 스스로 택하여 사는 것, 이것이 내 사제행의 동기고 또 그런 그리스도이고 싶다. 그리고 주께서 원하시면 조그만 향기를 풍길 수도 있는···.

- 336쪽

김정훈(1947-1977) 부제(副祭)의 이 책,『山 바람 하느님 그리고 나』는 그의 유고집(遺稿集)입니다. 산, 바람, 하늘, 구름, 사람을 그리도 사랑했던 그는 1974년

인스부르크대학교로 유학을 가 1976년 부제품을 받고 1977년 사제품을 목전에 두고 산행 중 불의의 사고로 하늘나라로 가셨습니다.

대학 초년 여름 성당 캠핑(camping) 때 본당 수녀님으로부터 받은 뒤, 그동안 얼마나 많이 되새겨 읽었는지 모릅니다. 밤하늘의 별이 되어 이리도 깊게 박혀 먹먹하게 하는 그를, 푸릇푸릇 그의 글을 여정에서 좌표(座標)로 동행(同行)하고 싶어 옮겨보았습니다.

이제 우리는, 책 맨 앞장 「정훈이가 떠난 지」에서의 언급처럼 초로(初老)의 가을에 접어들었습니다. 학(鶴) 같은 그를 그리도 일찍 데려가신 뜻은, 아픔 슬픔 그러나 너무나 아름다움 설야(雪野)에 찍힌 그의 자국 따라, 풋 뭇 저희도 당신께로 다가오라는 초대이겠지요.

좋아라, 님께서 사 오신 새 나막신

●●●

뒤척이는 잎,
정의 와 자비
신념 과 믿음
관용 과 용서
고통 과 십지기
〈나〉,〈너〉 와 〈나와 너〉
현실 과 이상
인간적이지 않은 것 과 인간적인 것
저의 뜻 과 당신의 뜻

석양의 들목, 마음에 잎이 수북이 쌓여있음을 발견
합니다.

새벽 창밖서 풀피리처럼 우짖는 새의 전갈,

"그리스도를 통하여, 그리스도와 함께, 그리스도 안

에서"

　돋아나는 아가 치아 같은 연두 잎, 꽃, 가로등 달덩이
같은 호박잎, 이 길. 눈 귀 입 손 발, 하나로

　섭리(攝理)라 독해(讀解)하며, 꼬옥 맞추려 애쓰는,
당신 안에서.

아침부터 참 뜨거운 날이네요,
우리는 갈증으로

●●●

허무함 길가.

건강한 자아(自我)란 무엇일까.

 균열이, 가뭄에 쩍쩍 갈라진 논바닥처럼 거북 등 같이 쉬 찾아들 때 하늘에서 빗줄기 내리면 흙은 말랑말랑해지고 새 생명을 배태(胚胎)할 수 있을 것.

 나에게서 몇 발자국 뒤로 물러나, 하늘 좁은 문(門)에 할 수 있는 한의 모든 것을 조응(照應)해 보아야 하지 않을까.

 바늘귀보다 더 좁음으로 타는 갈증의, 무거운 짐 평생 지고 나르는 낙타의 업(業)으로 그저 묵묵히, 가족 이웃 당신께 그리고 나. 그랬으면, 심처(深處) 초록의 향연 틈 오색화안(五色花顔).

사랑하지 못하는 마음을 바꾸어
사랑할 수 있게 된다면

●●●

불신(不信),
관계의 성적표에 이와 같이 기재되어 있다면.

누가 썼냐고,
광풍(狂風) 폭우(暴雨) 뇌진(雷震) 타는 계절이라고.

어디에 썼냐고,
허구(虛構)의 허공(虛空)이라고.

누가 지나가며 중얼거렸다,
어떻게 고쳐 쓰면 좋겠냐고.

파삭파삭 부서지는 초로(初老)의 역사(歷史)에,
    존재의 무가치함으로의 의도적 각인(刻印)에서 통증
(痛症)을 감도(感導)하여 부활이라면.

김수환 추기경님의 생전(生前) 어록(語錄) 중 한 부분:

누군가가 사랑하지 못하는 마음을 바꾸어 사랑할 수 있게 된다면 이것이야말로 가장 큰 기적이라고 생각합니다. 이것은 죽은 생명의 부활과도 같은 큰 기적입니다.*

완전한 사랑인 예수의 그 크나큰 무한한 사랑은 인간의 틀로는 규정할 수도 없을 것. 하나 공감적 상상력으로 예수의 마음을 감지(感知)해나가고자 한다. 문(門)을 점점 더 열고, 가장 낮은 자리에 앉아, 등잔에 기름을 가득 채워 불 밝히고, 졸지 않고 깨어.

신랑이 온다, 사랑할 수 있을 것 같다. 큰 기적(奇蹟).

---

* 김수환, 성령 쇄신 운동 '은혜의 밤' 강론, 1980.12.31.

그럴 때면 항상 한 치를 더 자라던
꽃이 아니더냐

●●●

　잦은 부딪힘으로 존재의 가치 없음을 처절히 느낄 때 서로가, 신랄히 악한 악다구니를 퍼부어 쏟아내고 난, 그 자리. 부서지고 깨어지는 쓰린 통점(痛點)은 지점과 형태를 달리하며 누구나에게 분포되어있을 것임으로, 그 부분만은 비켜야함에도. 꾹 누른다. 헐었다 아물려하다 또 헐고, 생채기는 덧나고 덧난다. 왜 서로 사랑하지 못할까, 지속성을 두고 친밀하고 온유하게 존중과 배려로 왜 서로 감싸 안지 못할까.

　어느 책에서 본 얘기다. 소와 사자가 서로 깊이 친해졌을 무렵 서로를 위해 각기 가장 좋은 것을 주고 싶어, 소는 사자에게 여물을 사자는 소에게 고깃덩이를 주었다 하나 먹을 수 없었음을. 이 얘기는 말한다. 사랑은 내가 좋아하는 것을 주는 것이 아니라 네가 원하는 것을 주어야 함을, 내가 원하는 대로 하라고 요구하는

것이 아니라 네가 원하는 것을 기꺼이 찾아 해주려는
것이어야 함을.

 석양(夕陽)같음이듯, 치열한 열정의 전쟁 후 폐허에
서 움트는 미세한 생명력의 평온한 관조(觀照)의 눈빛
으로 거기 있는 너를 보고 여기 있는 내가 회복의 웃음
을 짓는 것, 아마 이런 것 아닐까. 삶의 자세, 사계의
과정에서 그때그때, 염 열림 덤 비움,의 영속적인 충실
성으로 대해야겠다. 와중(渦中)에 돋아나는 기도와 감
사의 연둣빛 잎.

좀 더, 귀 쫑긋 세우고
심안(心眼) 맑게 열어

●●●○

심리학자 매슬로(Abraham Maslow, 1908-1970)는 욕구 위계 이론을 주창하였다. 인간에게는 생리적 욕구(음식, 물, 수면 등), 안전(안전한 환경과 보호, 불안으로부터의 안정 등), 소속감과 사랑(사랑, 친밀한 관계 등), 존중(존경, 유능감, 자신감, 성취, 독립 등), 자아실현(자신의 잠재력을 인식하고 충족)의 욕구들이 있고 이는 충족에서 하위단계에서 상위단계들로의 위계를 갖는다고 한다.

각 단계에 속하는 종류의 양과 질은 각 사람들에 있어서 다를 것이다. 이 세상 사람들의 외적, 내적 양상(樣相)이 모두 다르므로. 그러나 근본적인 가정에서 인간에게 이 욕구들은 충족되어야 하고, 이 충족을 위해 인간은 투쟁한다는 것이다. 그럼 이 욕구들이 충족되면 인간은 행복할까. 과연 행복이란 무엇인가.

신앙인인 나는 기도를 자주 한다. 그런데 그 기도라

는 것이 소망, 희망, 그것도 현실적 개인적인 내가 바라는 것들이 이루어지게 해주십사하는 일종의 욕심, 욕구일 때가 많다. 그냥 내가 바라는 대로 이루어졌으면 싶다. 그런데 돌아보니, 그분의 뜻.

수천 명이 둘러앉은 푸른 풀밭 사이로 예수의 '산상수훈(山上垂訓)'*이 새가 되어 가슴팍을 비벼대고 '오병이어(五餅二魚)'**로 모두 배불리 먹은 2,000년 전 어느 날 어느 때.

〈행복하여라, 마음이 가난한 사람들!

하늘 나라가 그들의 것이다.

행복하여라, 슬퍼하는 사람들!

그들은 위로를 받을 것이다.

행복하여라, 온유한 사람들!

---

* 《마태오 복음》 5~7장에 기록되어 있는 예수의 가르침. 예수가 갈릴래아의 작은 산 위에서 제자들과 군중에게 행한 설교로서, 윤리적 행위에 대한 예수의 가르침을 집약적으로 잘 드러내고 있어 초대 그리스도교 시대부터 오늘날까지 그리스도 신자들의 윤리 행위의 지침이 되고 있다. 내용은 팔복(八福)을 서두로 하여 사회적 의무, 자선 행위, 기도, 금식(禁食), 이웃 사랑 등에 관한 가르침이 주를 이룬다.

** 《마태》 14, 13-21, '오천 명을 먹이시다': 예수가 일으킨 기적 중 하나. 예수가 빵 다섯 개와 물고기 두 마리로 5천 명가량을 먹였다는 데에서 나온 말이다.

그들은 땅을 차지할 것이다.

행복하여라, 의로움에 주리고 목마른 사람들!

그들은 흡족해질 것이다.

행복하여라, 자비로운 사람들!

그들은 자비를 입을 것이다.

행복하여라, 마음이 깨끗한 사람들!

그들은 하느님을 볼 것이다.

행복하여라, 평화를 이루는 사람들!

그들은 하느님의 자녀라 불릴 것이다.

행복하여라, 의로움 때문에 박해를 받는 사람들!

하늘 나라가 그들의 것이다.〉

‒ ‘참행복’, ≪마태≫ 5, 3-10

귀 쫑긋 세우고 심안(心眼) 맑게 열어, 이른 새벽 숲
속 달리고 달려야 닿을 수 있을.

그리스도 싼 잎 그리스도 향기
산하(山河)에 배어

●●●

　수단의 슈바이처, 고(故) 이태석 신부님. 슬픈 아프리카의 햇살 아래 그지없이 불모하고 열악한 내전의 땅 수단의 '톤즈'에서 그는 사제요, 의사요, 교육자요, 건축가요, 음악가요, 좋은 사람으로 밀알이 되었다. 신부님의 삶은 사랑 자체이며 그래서 그리스도의 향기로 세상은 고요하면서도 은은한 빛의 향연이 된다. 깊이 각인되어 선명한 그의 삶의 한 부분이 떠오른다. 어느 날 한국에서 우연찮게 받은 검진에서 그에게 선고가 내린다. 루비콘 강 앞에 서게 된 것. 그러나 그는 바로 그 다음 날 자선기금모임에서 새하얗게 푸른 수국꽃잎 흩날리듯 환희(歡喜)의 애가(愛歌)를 터트린다, 〈꿈의 대화〉*로 초대한다. 죽음을 앞에 두고 전혀 개의치 않는 그의 태도는 생(生)과 사(死)의 경계에 선 이의

---

* 자선기금모임에서 이태석 신부님이 부르신 곡(曲). 1980년 제4회 MBC 대학가요제에서 대상을 받은 곡으로 이범용과 한명훈이 부름.

해탈(解脫)의 모습이었음으로 어찌 저럴 수 있을까하는 경이(驚異)에 휩싸였다. 그는 어떻게 그리 자유로울 수 있었던가. 그가 삶에서 한 일련의 선택과 결단과 실행은 예수를 닮는 것이고 예수의 길을 따르는 것이었음으로 사료(思料)된다. 그는 가고 지금 없다. 역사의 한 점(點)에 사랑의 날인(捺印)을 홍엽(紅葉)으로 찍고 간 그 앞에서, 감히 저도 당신의 도구일 수 있다면요.

흐르는 시공(時空)에
모래알 같은 자구(字句), 파랗게

●●●

　한나 아렌트가 『예루살렘의 아이히만』에서 들춰내는 악의 평범성. 아이히만, 그는 2차 세계대전 중 유대인을 학살한 전범. 그런 그는 명령에 충직히 복종(服從)했을 뿐 그것이 악(惡)인지 몰랐다고. 부서진 유리 파편 같은 그 삶의 언저리.

　가시(可視) 비가시(非可視)로, 포(砲)를 쏘고 총을 겨누는 그 누군가도 그 누군가가 겨눈 포화(砲火)에 숨이 부러지는 그 누군가도, 모두 우주적인 존재라고 할 수 있는 귀한 생명 형제자매임에도. 선(線) 너머 너의 삶을, 권력에의 복종으로.

　우리는 거울을 볼 수 있을까.

　혹독히 매섭던 한파(寒波) 어느 날, 루돌프 사슴처럼

빨갛게 달아오른 콧등을 비비며 찾아든 명동성당. 문
(門) 앞에 눈처럼 소복이 뭉쳐있었다. 소망과 희망의
뭇 기도들.

평화를 위한 기도(Prayer for Peace)

주여,
나를 당신 평화의 도구로 써 주소서.

미움이 있는 곳에 사랑을
다툼이 있는 곳에 용서를
분열이 있는 곳에 일치를
오류가 있는 곳에 진리를
의혹이 있는 곳에 믿음을
절망이 있는 곳에 희망을
어둠이 있는 곳에 광명을
슬픔이 있는 곳에 기쁨을
심게 하소서.

주여,

위로를 구하기보다는 위로하고
이해를 구하기보다는 이해하며
사랑을 구하기보다는 사랑하게 해 주소서.

자기를 줌으로써 받고
자기를 잊음으로써 찾으며
용서함으로써 용서받고
죽음으로써 영생으로 부활하리니.

아멘.

흐르는 시공(時空)에 촛불 같은 자구(字句), 〈평화를
위한 기도〉는 예수 그리스도의 앞섬이고 파랗게 따라
야 할 인류다.

평화로의 길 군데군데 굳음과 묵중함과 조밀함은 차
고 두툼한 얼음과 유사하지 않을까. 해빙(解氷), 따스함
에서 온다. 닿아, 혼(魂)이 들리고 몸에 스미고 풍경이
녹는, 업어준다는 것 아닐까.

내어주어라 등 서로에게, 업히어라 너희들 모두, 하
신다.

고생하며 무거운 짐을 진, 모두 서로서로
●●●

새벽 6시면 비둘기만 찾아들던, 심리적 고립의 집. 셋이서 며칠 동안 이삿짐을 챙기고, 옮겨 던지다시피 방 안 가득, 감히 구분도 분류도 엄두를 못 낼 엉겨 붙은 산더미 짐. 밖은 어둑어둑 밤이었다. 망연자실(茫然自失)로 잿빛 파김치가 된 우리의 허기, 초면인 이웃 아저씨가 드시라며 정성스런 음식을. 잊히지 않는 사랑의 단면.

휴대폰이 고장 나서 바꿔야했기에 들른 대리점, 그다지 경제적 여력이 없던 터라 비싼 것은 구입할 수 없었고 그러다보니 상점 판매원들은 거의 다 우물쭈물하며 곁에서 떠나가고. 그때 학생인 듯 보이는 한 청년이 다가와 상세한 설명과 함께 유머(humor)로 소외의 우울을 덮어주려 함, 따라 조금 웃었다. 회색 하늘 밑 흐르는 사랑의 단면.

매섭게 춥던 겨울 어느 날 관계에서의 불화로, 얇고 허름한 옷차림에 양말도 신지 않은 채 슬리퍼를 끌고 내려가 엘리베이터 앞에서 오들오들 떨고 있을 때, 옆에 계시던 아주머니가 살며시 다가가 한기(寒氣)가 들어오는 문을 닫아 주셨다. 두고두고 기억되는 사랑의 단면.

　어렴풋 헤아려지는, 어스름 감지되는, 이정표(里程標).

아침에 저녁 꽃을 줍다
●●●

　목적론적으로 살지 말고 종말론적으로 살라하는 어
떤 신부님의 강의를 곱씹다,
　조금 깨달은 기쁨의 밤.

　지금 여기가 생(生)의 마지막이라고 산다년
　양파 겹겹 벗기는 참회(懺悔) 새하얗게, 네게 날아
앉아 행어 산새 우짖을 때 따라 함께.

　나로 꽉 찬 것은 내가 신이 되는 것임으로 내가 너를
구분지어 내가 너를 단죄하는, 그것은 굽이굽이 소용
돌이치는 전장 터.

　죽음의 그 절박했던 그 마지막 순간, 남긴 메시지들
사랑해 너를.
　죽음의 순간은 빈 손, 지상의 인연들이 뿌려주는 향
과 꽃 속으로.

사랑이다, 비움 겸손으로.

이젠 깊은 사람이고 싶다 공명(共鳴)의 숲이고 싶다 당신에의 온전한 귀의(歸依)이고 싶다.

복음의 괴로움으로 도저히 무감의 언어의 수사학들이,

이제 농익어 짙푸른 녹음의 땀방울로 복음(福音)의 기쁨, 자박자박 꽃바구니 아이에.

나는 맨 나중에 온 이 사람에게도
당신에게서처럼 품삯을 주고 싶소

석양에 방울지던 선혈 선혈 선혈

●●●

　인류의 장(場)에서 갈등과 대결의 근원적인 문제는 어디에서 비롯되는 것일까 하는 커다란 의문 앞,

　에덴동산에서 아담과 하와가 그분이 절대 따먹지 말라는 선악과(善惡果)를 먹음,

　그분께 끊임없이 삐딱하게 반항하고 원망하고 어긋나가고,

　아 그 언덕 그 오후 3시.

　　보았나 십자가의 주님을
　　보았나 못 박히신 주님을
　　오 - 오
　　석양에 방울지던
　　선혈

선혈

선혈

보았나 매달리신 주님을

보았나 못에 뚫린 손과 발

보았나 뼈 드러난 손과 발

오 - 오

석양에 방울지던

선혈

선혈

선혈

보았나 아파하신 그 고통

보았나 싸늘하게 숨지심

보았나 창에 뚫린 심장을

오 - 오

석양에 방울지던

선혈

선혈

선혈

보았나 신음 중에 숨지심*

---

* 한국천주교중앙협의회(2011), 〈보았나 십자가의 주님을〉, 『가톨릭 성가』 (수정 보완판) 489번, 한국천주교중앙협의회. 흑인 영가, 예수의 고통에 자신들의 고통을 투영한, 노예들의 신앙과 한을 담은 미국판 아리랑이라 할 수 있다.

하늘을 바라보는 마른 나무들이 사랑의
봉오리를 준비하여 그 속삭임이

●●●

부활을 앞둔 사순시기*

십자가(十字架) 아래,
서서

왜, 왜, 왜.
그분이, 그분이, 그분이.
그렇게, 그렇게, 그렇게.

흐린 아린 그린 마음에, 새싹 같은 글 담아봅니다.

---

* 그리스도의 수난을 기념하는 교회력 절기를 말한다. 재를 머리에 얹거나 이마에 바르며 죄를 참회하는 '재의 수요일'부터 성목요일 주님의 만찬 저녁 미사 전까지, 부활절 전 40일(사순, 四旬) 동안이다. 이 시기는 부활을 준비하는 기간으로 예수의 십자가상 수난과 죽음을 기억하며 회개의 기도, 절제의 단식, 사랑의 자선을 한다. 부활의 영광에 대한 희망을 간직해야 한다.

1.

예수님은 극도의 고통과 비참에 돌아가셨지만 그것
은 불의에 대한 저항도, 종교적 심성의 발로인 비폭력
순응도 아닌 매우 독특한 속성을 갖고 있었습니다. 체
념으로 말미암은 수동성이나, 좌절과 절망에 항복하는
무기력과는 구별되는 당당함이 있었고, 동시에 민중의
분노를 가열시켜 체제 전복을 부추기고 사회를 광폭에
휘둘리게 하는 선동성을 품은 것도 아니었기 때문입니
다. 저항도 순응도 아니었던 예수님의 태도는, 하느님
과 인간을 향한 '완전한 사랑과 그 안에서 벌어지는
자발성'이라고, 저는 생각하고 있습니다.

인간의 실존적 변화는 누군가의 헌신이나 내어줌,
무조건적인 사랑과 희생을 목격하고 체험하여 그 경이
로움에 온전히 동화될 때 비로소 시작되고 완성됩니다.
그분의 겸손과 진리, 인간을 위한 진심어린 사랑을 목
격하면서 우리 자신의 죄를 하느님께 고백하고 마침내
구원되기를 간청하는 것, 이 진정어린 관계야말로 생명
을 바쳐 인간을 사랑하신 예수님의 구원사업이 목적하

고 추구한 결과인 것입니다.

메시아의 수난은 이러한 사명을 완수하기 위해 실현된 위대한 '하느님의 일'이었습니다.[*]

사랑하라 하시더니 사랑으로 가시었네.

그래도 아무리 생각하고 생각해도, 그렇게 하지 마시지... 그리 떠나면... 그리 보낸 완악(頑惡)하고 무지(無智)하기 그지없는 우리는... 밤새 울고 간다.

2.

〈그리스도께서 되살아나지 않으셨다면, 우리의 복음 선포도 헛되고 여러분의 믿음도 헛됩니다.〉
- '죽은 이들의 부활', ≪1코린≫ 15, 14

제자들의 배반을 내다보시면서도 그들에 대한 염려

---

[*] 김혜윤, 「말씀묵상」, ≪가톨릭신문≫, 2019년 4월 14일자,

와 사랑을 버리지 않으셨던 분, 말할 수 없는 죽음의 고통과 조롱, 멸시 속에서도 아버지 하느님께 대한 믿음을 포기하지 않으셨던 분, 그분이 다시 살아나셨습니다. 인간이 보기에 약하고 힘없어 보였던 사랑, 자비, 용서, 믿음이란 것이 하느님 앞에서는 진정 강한 것임이 드러난 것입니다. 현명하다는 종교 지도자들, 힘 있는 권력가들에게 배척을 받았던 그 길이 영원한 생명에로 이르는 길이라는 것이 분명해진 것입니다. 예수의 부활은 그저 예수 한 분에게만 일어난 신기한 사건으로 그치는 것이 아닙니다. 부활하신 예수를 만난 제자들이 변화되었던 것처럼 부활을 믿는 우리 역시 변화되고 새롭게 태어나야 합니다.

그렇게 되기 위해서는 돌이 치워져야 합니다.

실상 우리 마음의 문 앞에도 커다란 돌이 놓여 있습니다. 작은 일도 결코 용서하지 못하는 미움의 돌, 남이야 어떻든 나만 잘되면 상관없다는 무관심의 돌, 진리와 선을 위해 노력해봤자 결국 내 손해라는 냉소주의의 돌, 고통과 상처에 집착해서 원망과 슬픔에서 헤어 나오지 못하는 절망의 돌이 육중하게 마음의 문을 막아 놓고 있습니다. 이런 돌이 우리 마음을 가로막고 있는 한 우리 마음은 돌무덤처럼 어둡고 차가울 뿐입니다. 겉으로는 숨을 쉬면서 살아가지만 실상은 죽음과 어둠의 세계에 머물고 있습니다.

부활 성야에 우리와 그분 사이를 막고 있는 돌이 치워져서 그분의 찬란한 빛이 우리 마음속에 가득한 어둠을 몰아내고 생명과 활력을 가득 채워 주시기를 간청해야 할 것입니다.*

'그분이 다시 살아나셨습니다.'

부활에 대한 의심 없는 믿음이 '반석 위에 짓는 집',

곡진히. 앞섶에 뒹구는 돌들은 당신 품에서 다듬어질 수 있겠지요.

---

* 손희송(2017), 『사계절의 신앙』, 생활성서사, 102~104쪽.

모든 것은 질문으로 시작해
질문으로 끝난다고

●●●

　버지니아 울프, 헤밍웨이, 반 고흐, 김소월, 전혜린, 우선 떠오르는 예술가들이다. 그들의 평전을 읽어본 적은 없지만 그들은 스스로 선택하여 갔다. 생(生)에 고결한 진리를 위해 그렇게 열정적으로 투신했던 그들은 왜 사(死)에 처절히 스스로 몸을 던져 버릴 수밖에 없었을까. 습관적인 삶에서 예민하게 작동하여 세계와 나, 타자와 나, 나와 나 사이에서 태생(胎生)하고 있는 결코 매끄럽지 않은 매듭들이 희뿌옇게 드러날 때 그리고 그것들은 풀려지지 않는 풀 수 없음으로 주관적인 최종적 판단을 내렸을 때, 선택할 수밖에 없었던 것일까. 카뮈(1913-1960)는 '희망'이 부조리의 대안은 아니라고 한다. 그러면서 대면(對面)하는 순간순간을 명철한 의식 아래 열정에 탄 불꽃으로 반항하고 버티라고. 그가 말하는 희망은 내세의 삶에 대한 희망으로 "삶 그 자체를 위해서가 아니라 어떤 거창한 관념, 곧 삶을 초월하고 그 삶을 승화시키며 삶에 어떤 의미를 주며 결국은 삶을 배반하게 되는 거창한 관념을 위해서 사는 사람들의 속임수"란다. 그러면서 희망은 부조리의 정당한 귀결이 될 수 없다고. 영원한 생명에 희망을 두고 삶의 끈을 부여잡고 있는 내게 카뮈는 그 뒷면을 설핏 들춤으로, 삶을 배반하는 거창한 관념으로서가 아니라 구체적인 현실의 마당에서 어떻게 구현해야 하는지 주지(主旨)할 것을, 질문한다.

푸른 수(繡)를 알게 될 거야,
마음으로 볼 수 있게 될 때

●●●●

TV 저녁 뉴스 앵커의 몇 초씩에 할당된 어둠은 참 깊다. 봄에 다닥다닥 처연히 붙은 저 흰 꽃잎, 나무는 저들을 모두 끌어안고 있다. 생명에의, 인내로 책임으로 성실로 공감으로 나눔으로 경건으로. 나무는 무겁지도 않나 보다. 사랑하고 있으므로.

누군가의 심안(心眼)을 오만하지 않고 완고하지 않고 왜곡하지 않고 해석, 그 마음에 돌아서서 울먹이며 흐르는 눈물 훔치는 이는, 얼마나 험난한 질곡의 골짜기를 헤맸을 것이며 거칠고 황량한 광야에 내몰렸을 텐데, 거기서 만나게 되는 것이 밤에 수(繡)놓인 저 우주의 푸른 별밭.

메마르고 꾸덕꾸덕하고 딱딱하여 도저히 잘 빚어지지 않을 것만 같은. 하나 깊은 샘 당신의 언어이신 침묵

(沈默)으로, 단심(丹心)의 그릇에서 하늘을 우짖는 새
의 애가(哀歌)로 빚으십니다.

변화의 불변 가능성을 감지했을 때,
담을 오르는 담쟁이들이 숙연했다

●●●

시행착오, 성실하려 했음에도, 내외(內外)의 조응(照應)에 마른 잎들 뒹구는 초(初)겨울.

《가톨릭신문》을 뒤적이다가 '인간(人間)'이란 말의 정의를 읽게 됐다.

유교 한자 문화에서 인간(人間)이란 말에는 참으로 아름답고 숭고한 화두가 담겨 있지요. 인생순례에서 자기의 기대치에 묶이지 않으면서 자유롭게 사랑하고, 자기의 약함을 나누면서 타인의 약함을 감싸 안고, '서로가 의지하면서도(人), 함부로 대하지 않는 거리를 존중하는 삶(間)'은 예나 지금이나 AI, 4차 산업이 판치게 될 미래에도 가장 필수적인 가치입니다.[*]

---

[*] 오세일, 「신앙인의 눈」, 《가톨릭신문》, 2019년 5월 19일자.

이러해야하나 우리는 어찌하여 인간(人間)이지 못할 때 그리 많은지. 하염없이 던지는 속내, 끊임없이 내뱉는 언표(言表)는 다중의미의 언어들의 유희, 가치들에 있어서의 유아적인 이분법적 판단, 배타와 배제의 만연. 곳곳 진실의 자비(慈悲)는 녹슬고 때 묻은 듯, 일흔일곱 번까지라도 해야 한다 하시는 용서(容恕)에의 폐쇄, 연대의 상실로 건조한 낱낱. 이 무슨 절벽이고 이 무슨 담인가.

단면(斷面), 인간의 세계는 동물의 세계임을, 동물보다 더 못한 듯. 반추(反芻)의 역사는 여물통을 앞에 두고 서로 차지하려 기를 쓰고 싸운다. 보아야 할 것을 보아야 하고, 따라야 할 것을 따라야 한다. 2년 여 동안 비둘기와 친구가 됐었다, 그때 가장 아름다움으로 회상된다. 걔들은 모이 앞에서 서로 양보하더라, 다 먹을 때까지 기다려 주더라, 먹은 만큼 먹었을 때 함께 훨훨 저 하늘을 가르며 날아가더라.

지금 여기, 우리는 어디로 가고 있는가.

나는 맨 나중에 온 이 사람에게도
당신에게서처럼 품삯을 주고 싶소

●●●

〈포도밭 주인이 이른 아침부터, 아홉 시쯤에, 열두 시와 오후
세 시쯤에, 오후 다섯 시쯤에 각각 일꾼들을 포도밭으로 보내
일하게 하였습니다. 그런데 품삯은 맨 나중에 온 이들부터
시작하여 맨 먼저 일한 일꾼들 순서로 똑같이 한 데나리온을
주었습니다.〉

– '선한 포도밭 주인의 비유', 《마태》 20, 1-16 요약

주인은 왜 먼저 와서 일한 시간만큼의 합당한 삯을
일꾼들에게 주지 않았을까요.

포도밭 주인이 행한 차별은 하느님의 방식입니다. 그
는 "친구여, 내가 당신에게 불의를 저지르는 것이 아니
요. 당신은 나와 한 데나리온으로 합의하지 않았소? 당
신 품삯이나 받아서 돌아가시오. 나는 맨 나중에 온 이
사람에게도 당신에게서처럼 품삯을 주고 싶소. 내가 후
하다고 해서 시기하는 것이오?"(《마태》 20, 13-15)

하느님의 방식은 선한 포도밭 주인과 같은 후함이요 자비입니다. 하느님은 우리의 재능, 자질, 인성 등의 우열에 상관없이 모두에게 당신의 자비를 베풀어 주고 싶어 하시고, 삯을 받은 자는 경쟁과 비교로 시기하는 자의 눈으로가 아니라 함께 기뻐하고 연대하여 살아가기를 바라십니다.

이런 하느님의 방식과 세상의 방식은 다릅니다. 복음에서, 이의를 제기하며 불평하는 일꾼의 주장인 일한만큼 삯을 받는 것은 세상의 논리입니다. 세상의 정의는 '각자의 몫을 각자에게 돌려주는 것'이라고 규정합니다. 그러나 이 이면(裏面)에는 불공정이 작동합니다. 일감을 구할 수 없어 다섯 시까지 초조하게 기다렸을 일꾼들, 그들은 왜 일감을 구할 수 없었을까요.

어느 시대 어떤 세상에도 있을 수밖에 없는 소외 받는 자, 약한 자, 고통 받는 자, 억압 받는 자, 가난한 자.

〈너희는 어떻게 생각하느냐? 어떤 사람에게 양 백 마리가 있는데 그 가운데 한 마리가 길을 잃으면, 아흔아홉 마리를

산에 남겨 둔 채 길 잃은 양을 찾아 나서지 않느냐?〉

- '되찾은 양의 비유', ≪마태≫ 18, 12

예수는 우리에게 묻습니다.

아폴로가 달에 첫 발을 내딛고 바라본, 인간의 집 지구는 청자(靑瓷)

●●●

노란 따스한 불빛 아래 젖어 기다리는 사람들, 군데 군데 혼자였다. 휴대폰을 들여다보거나 노트북으로 뭔가 작업을 하고 있었다. 귀갓길 커피전문점 스타벅스 (STARBUCKS) 내의 저녁 풍경 한 컷(cut).

현대 우리는 여백에 뭔가를 해야만 하는 자신들이다. 침잠과 느림과 성찰은 효용성의 부재로 뒤로 슬쩍 밀어둔다. 이익, 경쟁, 재화는 인간을 위해 고안한 제도적 산물인데 어느 새 이것들에 우리는 먹히고 있는 듯하다. 어떤 드라마에서 여배우가 극 중 자기가 버린 딸에게 지질히 가난해서 너를 키울 수 없었다고, 돈이 최고다 돈 없으면 못 사니까, 소리소리 지르며 내뱉고 있다. 재화는 점점 뻗어나가 사랑의 공간을 잠식해버리나 웬만한 수련(修鍊) 없이는 재화의 효능에 비겁한 암묵적 합의를 하고 만다. 빈곤의 출구는 어디일까. 슬픈 딸은 대신 키워준 분은 돈 없어도 잘 키워주셨다고 맞받아 강하게 몰아붙인다.

달, 빵, 마음, 반죽하여 뗀 동글동글 하얀 새알 지천(地天)에 가득 흥겨운 잔치. 그 잔치에서 예수는 세리와 죄인들의 무리와 함께 앉아 어울려 먹고 마시며, 진정(眞情)의 사랑이었을 터. 이와 같은 축제가 이 지상에서 펼쳐진다면, 꿈일까. 추구하며 실천한다면, 현실이 될까.

생존을 해결하는데도 허덕이는 공간에 비집고 들어오는, 순수 내지 무의미 내지 허무랄까 명암(明暗)의 무채색 다채로운 채도(彩度)의 불순 내지 분노 내지 저항이랄까, 이리저리 섞인 큐빅(cubic)은 지난(至難)하나 진실이길 진리이길. 많이 가난하지만 그래도 꼿꼿이 신념처럼 지키고 싶은 하늘같음을 배움으로 간절히, 기도와 작은 나눔일 수밖에 없으나, 마음은 이리 붉게 당신들.

우렁우렁 잎들을 키워 짙푸른 숲이 되고 산이 되어 메아리로

●●●

아침 방송에서, 유리벽 안으로 노란 햇살이 비추고 사방은 갖가지 꽃, 화초, 나무가 병풍처럼 펼쳐져 미 (美)와 생명력을 내뿜고 부부는 간간이 잔잔히 웃음과 대화를 엮어가고 있었다. 꽃은 디 아름답다. 꽃 앞에 서면 경이로움의 탄성으로 창조주를 찬미하게 된다. 그 어떤 예술가도 자연에 피어 있는 꽃처럼은 못 만들 것이며, 그 아름다움을 표현해낼 수 없을 것이다.

〈사람이 꽃보다 아름다워〉*라는 대중가요가 흩날 릴 때...

생각해 보았다. 사람이 꽃보다 아름다운가, 사람이 아름다운가,

---

* 안치환 노래, 정지원의 '시'에 안치환 작곡, 1997.

나는 아름다운가,

내 속을 들여다보면 치열한 전쟁터다. 선(善)이라고 명명되는 것들과 악(惡)이라고 명명되는 것들과의 싸움이 치열하다.

'누가 뭐래도 사람이 꽃보다 아름다워'라고 확언하는 노랫가락은, 신의 창조성과 인간 자유의지의 행사 간 부합의 가능성에 대한 신뢰가 아닐까.

선(善)하면 참 흰 것 같기도 하고 참 붉은 것 같기도 하고 그런데 참 검은 면도 있나 보다. 검음은 어둠으로 흔히 악(惡)이라 상징되는데. 그럼 악한 선도 있다는 것일까, 그럼 선한 악도 있다는 것일까. 지향(志向)의 문제일까.

2018년 모 방송국에서 방영한 '흉부외과' 메디컬 드라마(medical drama). 선(善)의 실현에 있어서의 자질이랄까 덕목이랄까 태도랄까 하는 것을 환기시켜 주었다. 스승과 제자, 두 의사. 스승은 뱀 같았고 제자는 비둘기 같았다. 제자의 그 인간적인 너무나 인간적인 면에 스승은 정교한 지략을 더해줌으로써 사회 정의를 완성시켜 갔다. 모두 그 스승의 가식의 면모에 어찌 저럴 수 있는가 개탄하며 분노하였던 것 같다. 그러나 드라마 마지막 즈음 보이는, 그 스승이 미래를 예견하고 곳곳에 장치해놓은 고리들은, 적(敵)들의 의도를 미리 간파한 설정이었고 그래서 뜻밖의 반전으로서 승리였다. 절묘했다. 극 중에서 그는 다른 많은 사람의 지탄을 받으면서도 끝까지 함구하고 온갖 모욕을 받아 안고 갔다.

표리일체(表裏一體)의 선(善)만 선(善)이라 고집하던 내게, 복잡다단(複雜多端)한 현실의 내면은... 침잠(沈潛)하는 역지사지(易地思之)의 측은지심(惻隱至心).

숨은 것도 보시니 정갈히 깨어 있겠습니다

●●●●

아침 일찍 일어나 붙든 성경에서 닿은 구절,

〈숨은 일도 보시는 네 아버지께서 너에게 갚아 주실 것이다.〉
— '올바른 자선', 《마태》 6, 4

울컥해왔다. 휘어지지 않는 가지되려고 얼마나 발톱을 세우고 깨어 있고자 하는데, 부대끼는 잔가지로 그 속은 속이 아님에. 그 파리한 실핏줄로 살고자 몸부림치는, 숨은 사투(死鬪)를 보고 계신다니 보아주신다니.

천상(天上)에서 내리는 천군만마(千軍萬馬)의 발자국소리가 저벅인다, 마음을 다져주신다.

매난국죽(梅蘭菊竹), 그 사람.
매화는 잔설을 뚫고 나와 하얗게 붉게 초봄을 전한다. 난초는 심산 깃 어린 고운 풍모로 은은한 향내를

깊이 풍긴다. 국화는 늦가을 첫 추위 이겨 내며 피는 둥근 달 같은 화안(花顔)이다. 대나무는 뭇 식물의 잎이 떨어진 그 세찬 추움에도 겨울 푸른 잎을 안고 있다.

'그 사람'이 되어주신다, '그 사람'이 되어주라 하신다.

지성과의 끝없는 대화로, 세계를
치유하고자 열정과 헌신의 걸음이길

●●●

   조카의 논문을 받았다. 그는 과학 분야를 전공하였음으로 인문학의 숲을 서성이는 나에게는 무척이나 낯선 수식들, 도표들, 어휘들이었다. 자필(自筆)로 다음과 같이 메모되어 있다. "관심과 후원에 힘입어 학위를 마칠 수 있었습니다. 항상 받기만(시집 등...) 하다가 제가 드릴 수 있게 됐네요! 감사합니다." 모두 잠든 고요의 밤에, 더듬더듬 읽어나가다 너무나 큰 정서를 발견하게 됐다. 무려 3page에 걸쳐 빼곡하게 그의 학문과 삶 여러 면에서 함께 동행해준 이들에 대한 감사의 표현이 가득했다. 많은 사람들이 그의 마음에 귀히 담겨 있음과 그들을 일일이 기억하는 그의 사랑과 그러하도록 그를 성장시켰을 이국(異國)의 토양. 그의 논문을 한 장 한 장 찬찬히 넘기며 그것은 단지 학문연구의 결과물임만이 아니며, 어스름 새벽부터 캄캄한 저녁까지 매일매일 부지런히 보이지 않는 세계로 다가섬이었고 일궈낸 논밭이다. 앞으로 더 쉼 없이 경작해 나가야 할 정진(精進)의 무게와 더불어 환희와 희열의 빛나는 순간이 중첩할 것임을, 그럼으로 겸손으로 익어가는 벼가 되기를 바라보았다. 조카는 논문 속 맨 앞 장 하얀 지면에 깨알 같은 글씨로 선명하고 단아하게 'To my parents'라고 읊조리고 있다. 'parents', 철자 몇 개로 구성된 이 단어에 저리 출렁이는 옥빛 애(愛).

누군가 계십니다, 한없이 조용하게,
이 모든 낙하(落下)를 받치고 있는 분이

●●●

  올(2019년) 가을 들어 유난히 태풍이 잦다. 폭풍과 풍랑과 폭우에 울고 있다. 낙하한 과실들, 엎어진 벼들, 침하한 산 땅 강, 파손된 집 차 길, 매몰된 사람 가축 생명체. 이즈음 나라는 양분(兩分)의 갈등으로 삿대질의 빈번이고 심화이다.

  각성(覺醒)으로 답을 쓰라는 그분이 내미시는 여백이 아닐까.

  "갈등의 기저(基底)를 찾고 그 해결안을 도출하여 현실에 적용해 보시오."라는 주제(主題)의 문제.

  '부제(副題)는 저 별, 저 달, 저 해, 저 새, 저 공(空), 누가 선(線)을 그을 수 있는가 누가 나의 것이오 우리의 것이라며 소유할 수 있는가. 우리는 무엇을 소유하려 하며 우리가 소유할 수 있는 것은 어떤 것인가.'

  수많은 이론과 학설과 실천을 섭렵하며, 결국 이의

가장 근원적인 샘은 예수 그리스도, 그에게서 길어 올린 다채로운 빛들로 주제를 관통할 수 있기를.

〈"아무도 두 주인을 섬길 수 없다. 한쪽은 미워하고 다른 쪽은 사랑하며, 한쪽은 떠받들고 다른 쪽은 업신여기게 된다. 너희는 하느님과 재물을 함께 섬길 수 없다."

"그러므로 내가 너희에게 말한다. 목숨을 부지하려고 무엇을 먹을까, 무엇을 마실까, 또 몸을 보호하려고 무엇을 입을까 걱정하지 마라. 목숨이 음식보다 소중하고 몸이 옷보다 소중하지 않으냐? 하늘의 새들을 눈여겨보아라. 그것들은 씨를 뿌리지도 않고 거두지도 않을 뿐만 아니라 곳간에 모아들이지도 않는다. 그러나 하늘의 너희 아버지께서는 그것들을 먹여 주신다. 너희는 그것들보다 더 귀하지 않으냐? 너희 가운데 누가 걱정한다고 해서 자기 수명을 조금이라도 늘릴 수 있느냐? 그리고 너희는 왜 옷 걱정을 하느냐? 들에 핀 나리꽃들이 어떻게 자라는지 지켜보아라. 그것들은 애쓰지도 않고 길쌈도 하지 않는다. 그러나 내가 너희에게 말한다. 솔로몬도 그 온갖 영화 속에서 이 꽃 하나만큼 차려입지 못하였다. 오늘 서 있다가도 내일이면 아궁이에 던져질 들풀까지 하느님께서

이처럼 입히시거든, 너희야 훨씬 더 잘 입히시지 않겠느냐? 이 믿음이 약한 자들아! 그러므로 너희는 '무엇을 먹을까?', '무엇을 마실까?', '무엇을 차려 입을까?' 하며 걱정하지 마라. 이런 것들은 모두 다른 민족들이 애써 찾는 것이다. 하늘의 너희 아버지께서는 이 모든 것이 너희에게 필요함을 아신다.

너희는 먼저 하느님의 나라와 그분의 의로움을 찾아라. 그러면 이 모든 것들도 곁들여 받게 될 것이다. 그러므로 내일은 걱정하지 마라. 내일 걱정은 내일이 할 것이다. 그날 고생은 그날로 충분하다."〉

- '하느님이냐, 재물이냐', '세상 걱정과 하느님의 나라',
≪마태≫ 6, 24-34

수의(壽衣)에는 주머니도 없다. 예수가 보물은 하늘에 쌓으라고 하신다. 조그만 방 안, 책상에서 의자를 끌어내 앉으며, 좁아 협소하기 그지없을 한 뼘 만의 글이라도 나누고 싶다. 알을 깨고 나오고자 손길발길로 껍질을 차고 차며, pen의 힘을 증명한 글들을 흠모(欽慕)하며.

여름 나무에 날아 앉은 새,
악보 오르내리 구슬의 기도를
●●●

여름의 습함을 비껴 그늘로 찾아드는데, 후텁지근한
더위에 늘어져 숨을 헐떡거리는 강아지 같다. 어느 덧
이열치열(以熱治熱)도 무서워진 늙고 낡아 버린 영육
(靈肉)일까. 선풍기나 에어컨이디 히며 사람이 만든 자
그마한 기계는 그저 그 모습으로 켰을 때나 지정한 냉
기만큼 안을 시원하게 한다. 하나 밖에서 제 소명에
온전히 응답하며 점점 커 온 나무들은 다시 맞은 여름
더 넓어진 초록 낯들로 태양을 가려주며 타자(他者)를
쉬게 한다. 그 속에 날아 앉았나, 새가 우짖는다. 사고
(思考)의 경계를 무너뜨리는 무더위로, 그저 들려오는
울음소리에 귀 맡겨 한참을 있었다. 그 선율은 주머니
에서 콩알이 한 알 한 알 튀어나와 이리저리 튕겨지듯
각각 다른 고저장단(高低長短)의 마디들이었다. 다 다
름이다. 경탄(敬歎)이다. 창조(創造)에의 경이(驚異)로
찰나 찬미(讚美)와 용서(容恕)를 터뜨렸다.

4
부
∨

나뭇가지에 집 지어 갓 태어난
새끼들에게처럼

보물찾기 색동실타래 끄나풀,
저 산 넘어 해 지기 시작하는데

●●●●

시장에서 오늘도 잔뜩 짐을 꾸려 들고 걸어오고 있었다. 그런데 점점 옷에 땀이 배며 팔에서 힘이 빠져갔다. 몇 번이나 털썩 짐을 내려놓고 한참을 그렇게 있었다. 나름 삶이 무거웠다.

예수는 뭇 사람의 배척과 배제에서 심지어 사랑으로 함께했던 제자들과 군중으로부터의 배신에도, 그 비통하고 참혹한 고통 속으로, 인류를 위해 생명을 내어주시는 희생의 여정을 가셨다.

오롯이 그 누구를, 위해, 희생하고 헌신한 적 있었던가, 자문해본다.

⟨패션 오브 크라이스트(The Passion of the Christ)⟩*
속 뭇 사람들에 유심히 시선이 멎었다. 각양각색(各樣

各色)의 군상(群像)이 지금과 너무나 유사했다.

예수가 그렇게 가시고...

몇 해 전 집을 잃고 거리에서 살다가 최근 교회 시설에서 기거하고 있는 12세의 필리핀 소녀가 물었다. "신은 뭐하는 거죠?" 프란치스코 교황은 이 소녀를 꼭 끌어안아준 뒤 예정했던 연설 내용 대부분을 미루고 소녀의 질문에 답하셨다. "우리는 우리 자신에게 물어봐야한다. 자신이 슬퍼할 줄 알고, 눈물 흘릴 줄 아는지." 그리고 교황은 군중에게 말씀하셨다. "예수처럼 타인의 고통을 이해하고 눈물 흘리는 법을 알아야 합니다."

집으로 오는 길 옆 나무들은 모든 것을 내려놓듯 무심한 빈 가지들이다. 저 산 넘어 해 지기 시작하는데, 가야할 길은 먼데, 가야 하는데. 그 자비(慈悲)의 색동 실타래 끄나풀은 내 안에 숨겨져 있을 거다, 결국 지향성(志向性), 전 인격을 걸고. 그리고 그분의 은총(恩寵).

---

* 예수의 최후에 관한 2004년 영화이다. 'The Passion'은 예수가 로마군에게 체포되어 십자가에서 죽임을 당하기까지 겪은 고통과 수난을 뜻한다. passion(열정, 열망, 감정, 흥미)은 '아픔, 고통'을 뜻하는 라틴어 passio에서 나온 말이다.

나뭇가지에 집 지어 갓 태어난
새끼들에게처럼

●●●●

　모처럼 외출을 하고 왔다. 허공을 흐르는 하늘, 강, 산, 나무, 집, 차, 사람들은 늘 그렇듯 일상이다. 한데 오늘은 참 생경했다. 특히 익명(匿名)의 그 많은 사람들. 지구(地球)라는 꽃밭에, 핀 온갖 꽃들. 주님이 보시고는 "참 좋다" 하실까. 각 범주 속 참 시끌벅적하다. 각 사람 마음 안은 어떨까.

　언젠가 고해소(告解所)에서 나름 성찰한 죄를 '고백(告白)'이라는 형태로 꺼내 보이고 있는데, 막(幕) 저편 신부님이 물으셨다. "미워하는 사람은 없나요?" 즉각 대답했던 것 같다. "없습니다." 순수의 강. 그런데 점점 나도 모르게 쌓였나, 갖갖 결핍의 퇴적층. 관성(慣性)의 작동에, "미워하는 것들이 있습니다." 순간순간 부대끼는 속들. 현실감 부족의 자아에 경이(驚異)의 허영이 가득 하니...

103

진리 탐구 사랑에 닿는 길은 그래야하나 보다, 나뭇가지에 집을 짓고 갓 태어난 새끼들을 살리려 어떤 위험도 겪어내는 그 어미아비의 새들처럼, 투신 사투 헌신. 질문에 또 다른 질문이 제기될 수밖에 없는 미해결의 난제들 앞에서 고뇌의 사유와 익은 단심(丹心)으로, 저 너름을 저 생경을 저 나름을, 저 새처럼 저 공(空)처럼 저 무(無)처럼. 참된 자아(自我)의 회복으로 타자에로 세상에로 깊어지는 가을 속으로.

가다, 가다, 이 길에 무엇이

●●●

　어둑어둑한 저녁녘, 하늘에는 깃털구름이 펼쳐져 있고 옆 산은 검고 잎들은 초여름에 지친 듯.

　대학교 교양과목 법학 강의 때 교수님이 지나가는 말로 "가장 고통스러울 때가 바로 살아가고 있는 것"이라고 하신 듯.

　고통이 먼저 건네는 것은, 왜 이 고통이 내게 기억의 강을 저어, 가시나무 수북한 소(沼)에서 울부짖으며 네 탓 내 탓. 이 고통의 실체는 무엇인가, 근원은 폭포, 깨어짐과 부서짐은 끝없을 것 같이 쓰리고 아리고. 이 고통에 내재된 가르침은 무엇일까, 하얀 포말(泡沫) 바닥에 닿으며 낟알 타작하듯, 이삭 같은 허상과 낟알 같은 진실이.

　〈주인님, 밭에 좋은 씨를 뿌리지 않았습니까? 그런데 가라지는 어디서 생겼습니까?' 하고 묻자, '원수가 그렇게 하였구나.'

하고 집주인이 말하였다. 종들이 '그러면 저희가 가서 그것들을 거두어 낼까요?' 하고 묻자, 그는 이렇게 일렀다. '아니다, 너희가 가라지들을 거두어 내다가 밀까지 함께 뽑을지도 모른다. 수확 때까지 둘 다 함께 자라도록 내버려 두어라. 수확 때에 일꾼들에게, 먼저 가라지를 거두어서 단으로 묶어 태워 버리고 밀은 내 곳간으로 모아들이라고 하겠다.'〉

－ '가라지의 비유', ≪마태≫ 13, 27-30

마주하게 될 끝날, 뜰은 '이 세상'이고 이 세상에서의 삶은 '소풍'이며 이 소풍은 '아름다웠노라'고, 산야(山野)에 핀 자줏빛 제비꽃처럼 고운 심안(心眼)을 가졌던 어느 시인의 풀잎피리, 난다. 결코 만만치 않은 굴곡의 삶을 살게 되지만 처연히 모든 것과 화해하고 승화시키는 인생소풍일 수 있다면.

가장 고통스러울 때, 가장 가치 있는 것을 발견하게 되고 한결 진실한 사람과 동병상련(同病相憐)이 되고 전적인 의탁 안에서 살아있는 예수를 닮으려 하게 되리.

터, 할 수 있는 한,
밤 뜨문뜨문 불빛 지피는

●●●

〈그 율법 교사는 자기가 정당함을 드러내고 싶어서 예수님께,
"그러면 누가 저의 이웃입니까?" 하고 물었다.

예수님께서 응답하셨다. "어떤 사람이 예루살렘에서 예리코
로 내려가다가 강도들을 만났다. 강도들은 그의 옷을 벗기고
그를 때려 초주검으로 만들어 놓고 가 버렸다. 마침 어떤
사제가 그길로 내려가다가 그를 보고서는, 길 반대쪽으로
지나가 버렸다. 레위인도 마찬가지로 그곳에 이르러 그를
보고서는, 길 반대쪽으로 지나가 버렸다. 그런데 여행을 하던
어떤 사마리아인은 그가 있는 곳에 이르러 그를 보고서는,
가엾은 마음이 들었다. 그래서 그에게 다가가 상처에 기름과
포도주를 붓고 싸맨 다음, 자기 노새에 태워 여관으로 데리고
가서 돌보아 주었다. 이튿날 그는 두 데나리온을 꺼내 여관
주인에게 주면서, '저 사람을 돌보아 주십시오. 비용이 더
들면 제가 돌아올 때에 갚아 드리겠습니다.' 하고 말하였다.

너는 이 세 사람 가운데 누가 강도를 만난 사람에게 이웃이 되어 주었다고 생각하느냐?" 율법 교사가 "그에게 자비를 베푼 사람입니다." 하고 대답하자, 예수님께서 그에게 이르셨다. "가서 그렇게 하여라."〉

— '착한 사마리아인의 비유', ≪루카≫ 10, 29-37

이 글은 성경 속 '착한 사마리아인의 비유'로 호명되는, 예수가 문학적으로 멋들어지게 표현하신, 인간이 실천해내야 하는 사랑의 참모습이다. 이에 따라 밤 뜨문뜨문 불빛 지피는 헌신(獻身)의 무명(無名)들로 지구는 생명의 터.

그런데 오늘 아침 방송에서 '심리학과' 교수님은 착하게 살려고 하지 말라고. 왜 그러셨을까. 현실의 장(場)에서, 우리는 모두를 사랑할 수 없고 모두로부터 사랑받을 수 없는 불편한 진실에 직면해 있음으로, 그럼에도 불구하고 사랑하기 위해 사랑받기 위해 뭇 자아와 뭇 타자의 요구에 주도적(主導的)이지 못한 응답을 하게 될 때가 많음을, 이는 '착함'의 숱한 화장을 한 어릿광대, 허허롭기 그지없는, 늪. 그러므로 나름

적정한 보호막의 수준에서 행(行)하라는 것일까.

  그래도 인생사(人生事)에서 '내어주고도 받는 슬픈 허무'는 겪게 될 수밖에 없고, 겪고 또 겪고도 '이웃이 되어 주는' 우리들이어야 함을. 포기하지 않는 강인하고 자율적인 이타적 사랑으로.

다 이루어졌다, 깊은 울림 깊은 열림
깊은 당신, 따라

●●●

이 산 저 산 부딪히며 토해내는 울림.
의(義)는 협곡을 따라 쉼 없이 흐르나 언제 저 바다에
푸르게 닿을 수 있을지.

쫓아오던 햇빛인데
지금 교회당 꼭대기
십자가에 걸리었습니다.

첨탑이 저렇게도 높은데
어떻게 올라갈 수 있을까요.

종소리도 들려오지 않는데
휘파람이나 불며 서성거리다가,
괴로웠던 사나이,
행복한 예수 그리스도에게

처럼

십자가가 허락된다면

모가지를 드리우고
꽃처럼 피어나는 피를
어두워 가는 하늘 밑에
조용히 흘리겠습니다.*

윤동주(尹東柱)**는 괴로웠다. 그에게 예수는 행복
해보였을까. 십자가에서 죽음을 맞이하는 순간, 예수
가 "목마르다" 하자 사람들이 신 포도주를 듬뿍 적신
해면을 우슬초 가지에 꽂아 입에 갖다 대었다. 예수는
신 포도주를 드신 다음에 말씀하셨다. "다 이루어졌
다." 이어서 고개를 숙이시며 숨을 거두셨다. 윤동주는
1943년 7월 독립운동 혐의로 체포되어 규슈 후쿠오카
형무소에서 복역하다 해방되기 직전 1945년 2월 16일
이국의 감옥에서 생을 마쳤다, 예수처럼.

---

* 윤동주, 「십자가」, 이남호 엮음(2018), 『별 헤는 밤』, 민음사, 20쪽.
** 윤동주(尹東柱, 1917년 12월 30일~1945년 2월 16일)는 한국의 시인이
  다. 일제 강점기에 100여 편의 시를 남기고 27세의 나이에 옥중에서 요
  절하였다. 사후에 그의 시집 『하늘과 바람과 별과 시』가 출간되었다.

그리고

그들은 살아있다.

공허의 말단에서 견고한 꽃이 마음껏
찬란히 피어오르는

●●●

유혹(誘惑)에 순간도 경계하지 않으면 악취의 연못.
순간적 진실이라면, 순간의 충실성은 어떠해야할까.

'불화(不和)의 모든 것들과의 조우(遭遇)에 존엄(尊
嚴)이'

법조(法條) 같은 뼈대에, 달짝지근함이 발린
일상에
사람에
세계에
나에,

장단 맞추는
몸짓에
감상에

관념에
흥에,
반기(反旗)이고자 한다.

그래서 숨어 골방에서 깊디깊게 기도하고, 들어 마
주한 많은 얼굴과 많은 사건에서 본질을 찾으려고, 비
판과 창조의 잣대를 예리하고 부드럽게, 그물로 건져
올린 삶빛은 결곡한 실천으로, 어떤 순간에도 희망함
으로.

다짐 겸 결심.

가을의 이마 위에 입맞춤하는 햇살

●●●

　요즈음 월요일 밤 10시 30분이면 cpbc가톨릭평화방송을 틀고 그 앞에 정좌(正坐)한다. 〈해인글방〉, 이해인(클라우디아) 수녀님의 시낭송과 홍찬미 싱어송라이터(singer-songwriter)의 노래가 함께 어우러지는, 아름다운 광안리 정원(庭園)에 생화(生花) 피어나고 있음으로.

　　손 시린 나목의 가지 끝에
　　홀로 앉은 바람 같은
　　목숨의 빛깔

　　그대의 빈 하늘 위에
　　오늘은 반달로 떠도
　　차오르는 빛

　　구름에 숨어서도
　　웃음 잃지 않는

누이처럼 부드러운 달빛이 된다

잎새 하나 남지 않은
나의 뜨락엔 바람이 차고
마음엔 불이 붙는 겨울날

빛이 있어
혼자서도
풍요로워라

맑고 높이 사는 법을
빛으로 출렁이는
겨울 반달이여*

중학교 때 잡지에서 수녀님의 시, 「오늘은 내가 반달
로 떠도」를 읽은 듯한데. 이 시에 대해 김승희 시인은
다음과 같이 평하였다.

---

* 이해인(2011), 『오늘은 내가 반달로 떠도』, 분도출판사, 90~91쪽.

"오늘"이라는 현실 상황은 반달처럼 불완전하고 결 핍된 존재이지만 그 결핍 상황은 "내일"이라는 미래의 시점에서 "보름달"처럼 둥근, 완전하고 무한에 찬 원을 꿈꾸게 한다는 것이다. 반달이라는 현재의 결핍 상황은 격렬한 영혼의 굶주림과 배고픔을 배태하고 보름달의 원을 향한 고통스런 궤도를 간다. 그것을 동양적 표현 으로 구도의 길이라고 해도 좋고 그녀가 수녀로서 살아 가고 있음과 관련하여 "수도의 길"이라고 불러도 좋다. 아니면 한국 문학에서 되풀이되어 구원의 존재로 나타 나는 "님을 찾는 길"이라 해도 무방하다. 결핍된 존재가 충족된 존재로 변신하려는 끝없는 노력, 아니면 결핍된 존재가 충족된 존재로 합일하려는 귀의의 몸짓이 바로 반달의 숙명적 궤도인 것이다. 그 궤도에서 느끼는 한 영혼의 고통, 내밀한 기쁨, 혹은 배고픔과 굶주림과 절 망과 찬미를 이 시집은 보여 준다. ···*

　이해인 수녀님은 1945년에 태어나서, 1964년에 올리 베따노의 성 베네딕도 수녀회에 입회하였다. 입회 후

지금까지, 시집 『민들레의 영토』(1976), 『내 혼에 불을 놓아』(1979), 『오늘은 내가 반달로 떠도』(1983)를 비롯해 다수의 시, 산문, 번역, 강의로 우리에게 다가오셨다. 대면한 자연과 일상과 삶에서의 성찰과 발견과 깨달음을 쉼 없는 두레박으로 길어 올려 주심으로, 때때 곳곳, 팍팍한 이 땅에서도 우리는 경계 없는 하늘의 땅을 꿈꿀 수 있었다, 작은 새였으면 싶게, 그분께 날아갈 수 있는.

구도자의 길과 시인으로서의 길을 걸어오심에, 수녀님의 '종신서원(終身誓願)' 때 지근(至近)의 오빠(이인구)는 따스한 울음으로 격려하셨다. "내 누이야, 참 용하구나. 정말 용케도 두 가지를 다 해냈구나. 고등학교 1학년 때의 네 결심대로. 내 누이야, 아직도 너는 많은 날들을 남모르는 아픔으로 견디어야겠지만."

나목의 가지에 걸린 반달은 하늘에, 강물에, 산 너머 우리네 그릇 마음에, 떠, 언제나 사랑의 정원사인, 그분으로 영글어 가리라.

둥지에 새끼 새 파닥파닥,
날아보려 합니다

●●●

　한계상황, 병고 가난 거부 단절 독존으로의 침잠(沈
潛)이 점점 심화되어간다면. 그 속에서 주님, 저를 왜
버리시나요, 당신을 향해 슬픈 탄원(歎願)을 드리는 이.
그는 숱한 얽히고설킨 가시덤불을 헤치려 발길에 차이
는 무수한 밤송이를 까고 사계(四季)는 휘돌아 흐르고,
그러다 부조리(不條理) 불합리(不合理) 불공정(不公正)
의 가라지가 자신 속 토양에서도 자람을 발견.

　읍소(泣訴)합니다.

　"주님, 제가 원하는 대로 하지 마시고 당신께서 원하
시는 대로 하십시오."

　수용(受容)의 미학(美學)을 배웁니다. 걸음마 배우는
아주 작은 아가처럼. 밀밭에서 서로에게 특별한 의미

로 길들여지는 어린 왕자와 여우처럼. 지성(知性)의 숙고(熟考)와 감성(感性)의 승화(昇華)가 고통에서 맺는 열매일 수 있음도 느낍니다. 매서운 추위에 안으로 안으로 찾아들어 함박눈 송이송이 경배(敬拜)합니다, 구유에 아가, 당신.

내리는 비를 흠뻑 맞으려 한 적이 있는가

●●●

　검은 비단에 하얀 십자 무늬 수놓인 듯 봄비에 꽃잎 내린 아련한 보도를 걷는데 주위는 정적(靜寂), 일요일 아침. 서서히 병들어 아프다 아프다 호소하는 지구(地球) 곳곳에 고여 있는 미세먼지도, 오늘 여기는 조금 씻겨 내린 듯하다. 어느 날 세계적인 음악가 조수미의 인터뷰(interview)를 본 적이 있다. 신이 주신 탁월한 선율의 선물을 받은 그녀의 생은 각고(刻苦)의 수용이었고 이는 인류에의 기여였다. 기여의 경중(輕重)을 비교할 수는 없겠지만. 은퇴하고 무엇을 가장 하고 싶으냐는 아나운서의 질문에 그녀는 조금의 주저함 없이 내리는 비를 온몸으로 맞고 싶다고 하였다. 갑옷 입은 것 같은 삶의 무게 속 한결 같은 선택의 성실함 충실함에 어깨에 메고 가는 책임감 의무감은, 부여된 생(生)에의 예의 존중 천명 그 길 끝에서 만나는... 교황 요한 바오로 2세처럼, 김수환 추기경처럼 감히 그런 아름다움의 마무리. 희구(希求)

세계 여러 나라를 방문하고 변화를 위해 기도로 의탁하기도 했습니다. 새 천년의 문을 열어 놓고 이제 나는 주님께 나를 바칩니다. 이제 새 천년의 시작은 여러분이 해야 합니다. 나는 너무 많은 일을 했습니다. 많은 고통도 겪었습니다. 쉴 시간이 없었습니다. 늘 기도했습니다. 너무 오랫동안 고독 속에서 주님이 원하시는 일을 실천하느라 고통스러웠습니다. 이제 그 십자가를 여러분에게 넘기고 나는 쉬러 갑니다. 지금은 쉬고 싶습니다. 너무 힘들고 외로웠습니다. 나에게 친구가 필요했습니다. 즐기고 싶었으며, 울고 싶기도 했고, 방황도 하고 싶었습니다. 나는 이제 그대들 곁을 떠나지만 내가 하던 일은 하느님의 이끄심에 의해 계속 될 것입니다. 나는 이제 모든 짐을 벗어버리고, 편히 주님께 갈 수 있어서 "나는 행복합니다." "그대들도 행복하십시오!"

- '교황 요한 바오로 2세의 말씀' 중

*_*_*_*_*

「김수환 추기경의 마지막 회고록
 (Last Memoirs of Cardinal Stephen Kim)」

너희와 모든 이를 위하여(Pro Vobis et Pro Multis)

나는 죄인이다.
허물이 많은 사람이다.

하느님 앞에서 고개도 들 수 없는
대죄인이라 해도 과언이 아니다.

그럼에도 불구하고
하느님은 오히려
이런 죄와 허물을 통해서

당신의 사랑
당신의 자비
당신의 그 풍성한
용서의 은총을 깨닫게 하여 주셨다.

달리 말하면
나는 죄로 말미암아
자비 지극하신 하느님 사랑을
더 깊이 깨닫고 믿게 되었다.

아니,
하느님은 죄까지도
당신 은총의 기회로 삼으셨다.

나의 하느님은
참으로 돌아온 탕자를 껴안아 주시는
어진 아버지이시다.

오, 펠릭스 꿀빠!
Oh, Felix Culpa!
오, 복된 탓이여!

하느님 아버지
진심으로 감사드립니다.

온 마음을 다해

정성을 다하고 힘을 다해

나의 모든 걸 바쳐서

주님께 감사와 찬미를 드립니다.

고맙습니다.

서로 사랑하십시오.

- 김수환 스테파노 추기경(1922-2009)

희(喜) 노(怒) 구(懼) 애(哀) 오(惡) 욕(慾) 애(愛), 한 땀 한 땀 수(繡)

●●●

내가 가는 이 길이 어디로 가는지 어디로 날 데려가
는지 그곳은 어딘지 알 수 없지만 알 수 없지만 알 수
없지만 오늘도 난 걸어가고 있네

사람들은 길이 다 정해져 있는지 아니면 자기가 자신
의 길을 만들어 가는지 알 수 없지만 알 수 없지만 알
수 없지만 이렇게 또 걸어가고 있네

나는 왜 이 길에 서 있나, 이게 정말 나의 길인가
이 길의 끝에서 내 꿈은 이뤄질까

무엇이 내게 정말 기쁨을 주는지 돈인지 명옌지 아니
면 내가 사랑하는 사람들인지 알고 싶지만 알고 싶지만
알고 싶지만 아직도 답을 내릴 수 없네

자신 있게 나의 길이라고 말하고 싶고 그렇게 믿고
돌아보지 않고 후회도 하지 않고 걷고 싶지만 걷고 싶
지만 걷고 싶지만 아직도 나는 자신이 없네

나는 왜 이 길에 서 있나, 이게 정말 나의 길인가
이 길의 끝에서 내 꿈은 이뤄질까

나는 무엇을 꿈꾸는가 그건 누굴 위한 꿈일까 그 꿈
을 이루면 난 웃을 수 있을까
지금 내가 어디로 어디로 가는 걸까 나는 무엇을 위
해 살아야 살아야만 하는가

나는 왜 이 길에 서 있나 이게 정말 나의 길일까
이 길의 끝에서 내 꿈은 이뤄질까 나는 무엇을 꿈꾸
는가
그건 누굴 위한 꿈일까 그 꿈을 이루면 난 웃을 수
있을까*

꿈은 질문에서 질문으로 머뭇거리며 강처럼 흐른다.
꿈은 삶이라는 것, 뒤늦게 안다. 선명하게 기억해야 할
것은 '간절한 〈바람〉과 끝없는 〈탐욕〉의 경계에서 한
없이 갈등하고 고민해야 한다.'

---

* 남성그룹(박준형, 손호영, 데니안, 김태우, 윤계상)인 'God'가 2001년 발
  매한 앨범 4집에 수록된 곡 중의 하나로 제목은 〈길〉이다.

꿈,

하루하루

새벽 눈떠 맞는 세상이 간밤 살포시 새하얀 눈 내려 지천이 은빛으로 빛났으면, 희망으로.

무릎 꿇고 손 모아 드리는 기도가 가을 아침 창호지 문 틈 사이로 스며오는 청아한 본향(本鄕)에의 그리움, 사슴.

켠 TV에서 보이는 들리는 세상이 진흙탕으로 뒤범벅되어 이리 튀고 저리 튀고, 그래도 우리들은 새롭게 창조하려는 군중(群衆)이길.

낮 강아지들이 몸을 붙이고 길게 누워 오수(午睡)에 잠긴 듯 주어진 일에 몰두하느라 잊어버린 '나'를, 불평과 짜증 없이.

그 고된 노동, 새벽이 오지 않았으면 좋겠다고 하는 사람들이 있다고 언젠가 친구가 그랬다. 지친 심신(心身), 그래서 하루를 마치고 널 때 젖은 솜 같아도, 감사.

그리고 지지 않는 초심(初心)일 수 있다면,

시를 쓰고, 그 시가 오래 맴도는 때가 있다.

머리와 가슴과 삶이 하나일 때
내 안에서 사유의 고통이 농익어 어찌할 수 없을 때
찾아온다.
무엇에 대한 간절한 갈구 속에서 피어난다.

그럼에도 방에서 가만히 앉아 삶과 씨름할 때
나는 부끄러워 숨고 싶다.
삶으로 시를 써 내려가는 사람들 앞에서
나는 고개를 들 수 없다.

작은 바람이 있다면
남루한 나의 삶의 언어가
어떤 이의 지친 밤 함께 걷는 다정한 달빛이었으면
비 갠 뒤 떠오르는 색색의 무지개였으면
사랑 많으신 예수님 뵙는 엠마오로 가는 길이었으면
좋겠다.
그러나 그것조차 나의 욕심*

---

* 이채현(2012), 「머리말」, 『그대에게 그런 나였으면』, 으뜸사랑, 5~6쪽.

이 세상에, 왔다 가다,
그 사이 화단(花壇)에

●●●

　오늘은 둥근 보름달 한가위. 가을의 초입에, 이상하리만큼 미세먼지 전혀 없는 맑디맑은 파란 하늘 산뜻한 햇살. 나뭇잎들은 아직 짙고 두툼한 검푸름이다. 성당에서 미사를 지내 유교의 전통인 제사는 지내지 않았다. 미사나 제사나 다 무슨 소용인가(아, 나는 그리스도인인데... 그런데 그런 생각이 스칠 때가 있다). 메모리얼 파크(Memorial Park) 산등성을 오르며 모든 것은 순간의 접점이란 견고한 쓸쓸함. 영원(永遠)이란 순간(瞬間)의 반대어. 들여다보면 뭐 별다른 게 있을까싶다. 그런데 저 너머의 세상, 피안(彼岸)은 무엇이기에 '죽음'이란 단어자체만으로도 한편으로 구속하고 한편으로 빛이 되는가. 애벌레가 나비가 되는 순간. 질적 변화. 영원한 생명이란 그런 것일까.

　이 세상에 오셨다간 흔적으로 작은 항아리에 담겨

있는 물질. 그 옆에 십자고상(十字苦像)과 묵주(黙珠)와 액자 두 점을 넣어드렸는데. 지상에서 드릴 수 있는 것은 기억 속 언뜻언뜻 잔상(殘像)에 때마다 몇 마디 언어의 기도(祈禱), 그리움의 눈물. 아버지는 이 세상에 오셔서 엄마의 남편, 오빠 언니들 나의 아버지였다. 버팀목이었고 그루터기였다. 지상의 화단(花壇)에 생명들을 심고 울타리가 되어 온갖 고초(苦楚)의 막(幕)으로 우리를 성장케 했고 우리는 성숙해가고 있다. 하느님의 조력자로서, 인간으로 할 수 있는 큰 일 중 하나인 생명의 창조에 동참하셨다. 오늘 아침, 지상에 남은 우리 가족은 웃고 말하고 먹고 선물을 나누고, 회사에 입사한 지 얼마 안 된 조카가 자동차를 구입하게 되었다고 무척 서로 기뻐하고 격려하였다. 지금 여기, 우리는 이렇게 살아가고 있다. 살아 있는 사람들은 저마다 그렇게 살아가고 있다.

잎 꽃 피고 지더니,
새롭게 봄이 오고 있습니다

●●●

돌아보니, 이 글들을 써가고 있을 즈음, 저는 깊은 어둠의 터널에 있었던 것 같습니다. 그러나 저는 잘 몰랐습니다. 여러 출판사에 투고하였습니다만 번번이 반려되었지요. 그때마다 수정작업과 다른 글들을 추가하여 투고 또 투고, 저는 참 아둔하고 매우 교만했던 것 같습니다. 제 글의 문제점을 몰랐던 것입니다. 글을 쓸 때 항상 원의는 '복음을 전할 수 있다면...' 희구하였는데, 정작 제가 가고 있는 길은 곁길이었음을 알게 됐습니다. 출판담당 수녀님이 그러셨어요. "글이 좀 사적(私的)이라, 공감이 안 가는 부분이 있습니다." 그것이었어요. 글을 쓰면서 저는 예수께 참 의문이 많았어요. 제 좁은 소견(所見)으로 현실의 장에서 너무나 괴리가 많았던 거예요. 정말 복음의 기쁨의 체화(體化)가 큰 난제였어요.

그 후, 저의 굴절된 영안(靈眼)과 심안(心眼)의 뿌리를 찾고자 좀 객관적인 거리에서 저를 응시하였습니다. 그러나 깊디깊고 넓디넓은 비가시적인 세계이신 예수와의 만남에서 여전히 서툴러 어떻게 맞이해야할지 잘 모르겠습니다. 어느 날 밤, 삶이 너무 고단해 깨어 이 생각 저 생각, 이 책 저 책, 이 기도 저 기도 하다가, 가슴에 응어리져 묵직한 돌아가신 아버지가 생각났습니다. 아버지의 죽음은 아직도 큰 충격으로 남아있었습니다. 말할 수 없는 아픔, 슬픔, 괴로움. 그런데 아버지의 사랑이었다는... 지점에 머무르게 되었어요. '사랑'

제 졸작 중에 이런 시가 있습니다.

아버지 계신 산에서
돌아오는 길 버스 속 어둔 밤
눈물이 가르쳐 주었다.
살아 있다는 것만으로
내 뺨을 때리는 자에게 다른 뺨도
내줄 수 있을 것 같다.

살아 있다는 것만으로
나에게 같이 천 걸음을 가자고 하면 이천 걸음도
가 줄 수 있을 것 같다.
살아 있다는 것만으로
일곱 번이 아니라 일흔일곱 번까지라도
용서할 수 있을 것 같다.
살아 있다는 것만으로
친구를 위하여 목숨을 내놓을 것 같은 사랑도
할 수 있을 것 같다.
살아 있다는 것만으로
부활하신 예수님 못 박힌 손자국에 손도
넣어 볼 수 있을 것 같다.

나, 진작 살아 있었더라면*

가신 뒤 얼마 후, 감히 이런 약속을...
그 길이 얼마나 큰, 산(山)을 오르고 내려야하는 건
지, 초입(初入)에서는 몰랐습니다.

---

* 이채현(2012), 「살아 있다는 것만으로」, 『그대에게 그런 나였으면』, 으뜸사랑, 122~123쪽.

여전히 제 글을 출간하겠노라고 연락이 오는 출판사는 없지만, 여정 속, 거부 앞에서 고유성을 가꾸어갈 수 있었고, 머리에서 마음으로 조금 내려간 듯하여,

다양성과 다름의, 문(門)을
짓고 들어가는 길을 가르쳐주신 예수 그리스도를

'당신은 사랑이십니다.'
고백할 수 있을 것 같습니다.

인용 시(詩) 원(原)출처

윤동주 지음, 「십자가」, 이남호 엮음(2018), 『별 헤는 밤』, 민음사.

이채현(2012), 「머리말」, 『그대에게 그런 나였으면』, 으뜸사랑.

이채현(2012), 「살아 있다는 것만으로」, 『그대에게 그런 나였으면』, 으뜸사랑.

이해인(2011), 「오늘은 내가 반달로 떠도」, 『오늘은 내가 반달로 떠도』, 분도출판사.

인용 산문(散文) 원(原)출처

안토니오 스파다로 엮음, 국춘심 수녀 옮김(2016), 『진리는 만남입니다: 교황 프란치스코의 매일 미사 강론』, 분도출판사.

김정훈(2016), 『山 바람 하느님 그리고 나』, 바오로딸.

김수환, "성령 쇄신 운동 '은혜의 밤' 강론", 1980년 12월 31일.

김혜윤, 「말씀묵상」, ≪가톨릭신문≫, 2019년 4월 14일자.

손희송(2017), 『사계절의 신앙』, 생활성서사.

오세일, 「신앙인의 눈」, ≪가톨릭신문≫, 2019년 5월 19일자.

김승희(1983), 「원을 향해 차오르는 반달의 시학」, 『문학사상』 11월호, 문학사상, 41쪽.

인용 『성경』* 구절

'가라지의 비유', ≪마태≫ 13, 27-30.

'되찾은 양의 비유, ≪마태≫ 18, 12

'선한 포도밭 주인의 비유', ≪마태≫ 20, 1-16.

'십자가에 못 박히시다', ≪루카≫ 23, 34.

'올바른 자선', ≪마태≫ 6, 4

'원수를 사랑하여라', ≪마태≫ 5, 45.

'죽은 이들의 부활', ≪1코린≫ 15, 14

'착한 사마리아인의 비유', ≪루카≫ 10, 29-37.

'참행복', ≪마태≫ 5, 3-10.

'하느님이냐, 재물이냐', '세상 걱정과 하느님의 나라', ≪마
태≫ 6, 24-34.

---

* 성경 ⓒ 한국천주교중앙협의회.

인용 노래(가사)

〈보았나 십자가의 주님을〉, 『가톨릭 성가』(수정 보완판)
　　489번, 한국천주교중앙협의회, 2011.*
〈길〉, 작사: 박진영, 작곡: 박진영, 편곡: 박진영·방시혁, 노
　　래: GOD(남성그룹–박준형, 손호영, 데니안, 김태우,
　　윤계상), 2001.**

＊　보았나 십자가의 주님을. 가사: 교회 전승. Copyright ⓒ CCK.
　　Administered by CCK. All rights reserved. / 출처: 「가톨릭 성가」
　　(수정 보완판) 489번.
＊＊　KOMCA 승인필.

지은이 이채현

1964년 경상북도 안동에서 태어나, 1988년 이화여자대학교 국어국문학과를 졸업하고, 1993년 이화여자대학교 교육대학원 교육학과를 졸업했다. 시집으로 『그대에게 그런 나였으면』, 『하늘에서 꽃이 내리다』, 『사랑한다면』, 『밤빛』, 『기린 같은 목 사슴 같은 눈』, 『잎』이 있다.